JN122747

句集

光る雪

斎藤信義

文學の森

句集　光る雪——目次

装丁　水崎真奈美

句集　光る雪

（平成二十九年）

一〇〇句

透きとほる初燈明の炎も音も

淡々と生きて死ぬるや初明り

雪まみれなれど神さぶ臥牛像

鳥獣の気配まで消し山ねむる

雪蹴つて声響かせてつがひ鶴

群像のごとき樹林や寒に入る

一捌けの雲があやつる寒の月

くちびるの罅割れ宥め寒夜稿

眦を濡らせしはひとひらの雪

骨董となるかんじきと馬の鈴

しろがねの日輪へ翔つ尾白鷲

上澄みの如く明けゆく寒の峡

紗の雪となる追善の時刻かな

降りしきる雪よ木の鬱吾の鬱

蠟涙のごとく凍りし飛沫かな

恍惚と寒明けの湯に浸りゐる

銃眼の無き首里城や南風の海

矢筈葛咲くひめゆりの学徒館

強東風や石の屛風に名を著す

風光る摩文仁の丘の死者生者

水牛の花子のひとみ濡れて春

継ぎ接ぎの筒の瓦や芭蕉花序

春なれや空のなぎさの星の砂

をのこらは薄氷に乗り村離る

芽起しの風かんばせが痛痒し

足の指ひらき伸びきる春の猫

永劫といふ死後ありや春の闇

蕗の薹揺らし一輛車が過ぎる
紙切れの如く咲き出す北辛夷
あめの粒なみだの粒も灯も朧

ゆび腹で春耕の土揉みほぐす

かばかりの水溜まりにも花筏

前線の終着の千島ざくらかな

林立の土筆の浄土さまよへり

角砂糖燃やし春愁ともちがふ

ひとひらの詩か草叢の蝶の翅

生も死も聖書も重し花ミモザ

消印のかすれて届くりらの雨

りら冷えや千里彼方の国憂ふ

鞦韆に胎盤乗せて漕がずゐる

山の水族館

緑陰のやうなる水族館ありぬ

イトウてふ魚体赤らみ夏来る

絶海のごとき滝壺なりしかな

滝壺の魚に未知なる深空あり

岩撃つて蒼天へ飛ぶ滝しぶき

托卵といふ一芝居打つて鳴く

聞きおぼえある声過ぎぬ螢狩

ほうたるの闇に紛るる湖畔亭

オショロコマ釣る山影も深緑

一茎のいちにち花の黄萓咲く

赤鬼の泪なるかもさくらんぼ

がさがさといふ黒絖の乾昆布

大事些事野良人参が花ざかり

鉄線の花瓣はなから錆び兆す

一水の別れに似たる洗膾かな

夭夭と羽化するやうな昼寝覚

大寺の滅びしあとの茂りかな

わらべらの声まだ残る夏の星
伝承のコロポックルや蕗の雨
青凝りの姥百合の実が屹立す

五千石の壮語懐かし青あらし

早世の師の短冊やきららむし

素直なるこころが透けて青簾

夏至の日や額打つて血が迸る

表札の文字消え罹（かか）る炎暑かな

夢のまたゆめか八十路の白絣

貼り薬貼る丑の日の首根つこ

欲望の貌とはいかに蝦蟇の声

鰻裂く哀れを噯気(おくび)にも出さず

草毟り過ぎて猫背になりし母

冷房の部屋にて黄泉の話せむ

今生の夕焼どこのだれと見む

たゆたゆと水にはべりぬ未草

変哲も無き盂蘭盆の三日かな

放蕩の始め白桃しやぶり喰ふ

錆釘のあたまに塩辛蜻蛉かな

終着の駅出てあふぐいわし雲

繚乱の花野への道しるべかな

深海のやうなる月の真裏かな

秋しぐれ柿渋傘のにほひ濃し

蘭鋳の貌に似てゐる赤ぶだう

影絵めく水に映りし糸とんぼ

寸劇のごとく新蕎麦打ち終る

いわしぐも裏口にして非常口

がまずみの実の華やぎの峠道

甲冑の口髭らちもなく冷ゆる

煮て焼いて佳し喉黒といふ魚

火の廻る速さの高地紅葉かな

紅葉前線大雪山(だいせつざん)より始まりぬ

布団干す竹の物指し腰に差し

裸木となりて途方もなく淋し

またの世や裸木の肌悩ましき

心身は継ぎ接ぎだらけ冬至粥

硯池へと極月の水したたらす

大雪となるやも知れぬ寝入端

降りしきる雪に音なく棺打つ

真つ白く真つ暗くなる雪風巻(しまき)

一切の音消す雪となりにけり

閑かさは冥途に似たり深雪村

賀状書く悪筆宥めすかしては

Ⅱ　二〇一八年　（平成三十年）

七二句

左義長の焔に炙らるる核家族

凍(しば)れとは空気振動せぬことか

註　凍れは方言

くま笹の瑞(みづ)の青さや寒に入る

家裏のそのまた裏の軒つらら

弔ひや屋根の雪庇が崩れさう

自堕落に生きて凍死といふ噂

ふかふかの雪ふかふかの北狐
罷彫る鉈から鑿に持ち替へて
寒風に晒され灰汁の抜けし貌

安全旗はためいてゐる雪捨場

光陰の如くさはさは霧氷散る

短日の路地の奥よりかごめ唄

俺お前どちらが先か涅槃西風

弟の死

春ともし明るすぎるよ斎（ゆ）川（かは）浴（あみ）

円盤の形のうすらひ飛翔せむ

向き向きに咲き一列の黄水仙

呼吸するごとくに桜咲かす国

電球の中の不思議や昭和の日

目つむりて天の風呼ぶひき蛙

樹の穂絮草の綿毛やビール園

蜃気楼消え失せ竜頭捲く音す

野付半島

まぼろしの花街跡とや海霧（じり）雫

乗合の馬車にたばしる移流霧

早世の祖母わすれめや蚊遺香

きざはしの半ばで畳む白日傘

不甲斐なき一日が終る半夏生

小指ほどの砂の窪みや蟻地獄

紋瓦かくるるほどの合歓の花

銃眼に蓋あり合歓の葉の睡り

水無月の瀬戸や島廻(しまみ)の潮疾し

七夕の雨滴が笹にのこりをり

渓流のひびきにはづむ黄釣舟

木に岩に捩れてからぶ蛇の衣

日盛の家ひつそりとして狂ふ

書き出せぬままに目瞑る油照

髪しろく薄くなりゆく旱かな

鳴きすがる蜩なにか零しけり

今朝秋とおもふ心に風立ちぬ

女郎蜘蛛佛のみちに潜みゐる

問答は生死におよぶ盂蘭盆会

桑の実を食うて唇拭きもせず

茄卵つるり剝けしや露けしや

獅子独活の花や還らぬ北の島

鮭跳ねるほかに音なき凪の海

百叩きしてぼろぼろの鮭尾鰭

死はかくも身近や遡上鮭の群

露草の雫くるぶし濡らしけり

文字持たぬ民の露けき眸かな

拍手は打たぬアイヌの秋祀り

なにもかも湖底に沈め天高し

椋鳥の群れの真下の露店かな

ギヤマンの壺の底より秋の声

佛性の石のかけらややそぞろ寒

空ウといふ音吐きくづる煙茸

嫋やかに鷹舞ふ十勝原野かな

黄落や木の葉まじりの風の音

火恋し母よりも祖母恋しかり

丁寧に掃けば掃く程枯れ深む
渓谷の木の橋朽ちて銀河澄む
からまつは風に唆されて散る

立上がりしは闘争の北きつね

攫はれしごとく消え去る雪螢

立冬の斧音アイヌコタンより

朽ちかけの木椅子の傍の冬菫

しらかべに吊られて乾ぶ烏瓜

単線に乗り換へてより雪激し

白内症手術のあとの雪のいろ

一握の雪もて面をぬぐふかな

冬薔薇嗅ぎ白髪の身が火照る

掌に吸ひつく湯呑風邪ごこち

降る雪を見続けてゐる夢心地

アイヌ語の神謡集や霏霏と雪

Ⅲ　二〇一九年

（平成三十一年〜令和元年）

四五句

椴松はつばさあるかに雪払ふ

雪中庵閑か茶のいろ笹のいろ

覇者のごと島梟のひくきこゑ

尼寺の床踏み鳴らす鬼やらひ

コップにも水平線や寒明くる

聞き耳を立てて芽吹きの楢林

にごり酒呷りてニシン漁終る

霾るやアイヌ文様のモレウ渦

名乗らずに去りしや朧夜の客

ときをりは重なりあうて水馬

早蕨を茹でて叩きて啜るかな

宙づりの尺蠖叫びたくなりぬ

何もかもその場しのぎや冷奴

葉の戦ぐやうなる音や蟻の列

なまくらな一日なれど鰻めし

廃駅のそばにまむしの注意札

夜が離れゆくふる里の露の空

雨の粒きらきら零れ九月来る

曼珠沙華血糊の如く萎れたり

朽(きう)木(ぼく)のにほひ茸のにほひかな

網繕ふ塩辛とんぼのやうな父

ふくみ鳴く雉鳩途方なく眠し

万物に謝す民ありて秋気澄む

実玫瑰父より母に似て来たる

福井爽人展

描かれし廃墟いろなき風廻る

日向より日向へ走る縞の栗鼠

三つ鱗紋の古刹や爆ぜざくろ

手土産の実柘榴北の地に帰る

運命のとびらが見えぬ蔦紅葉

忘れられゐる初冬の脚立かな

山影が迫り一気に散りもみぢ

乾きる地衣類の石冬ざくら

平服の吾らに離宮しぐれかな

地上にも地下にも都ありて冬

襤褸叩くやうな音する冬の雨

冬の波すれすれに飛ぶ黒海鵜

黒絖の鏃ならべて枯れつくす

鬼の腕ほどのうつばり深雪宿

散髪屋のかがみの疣か冬の蠅

真つ暗にならぬ雪夜の独り酒

手の平を返すが如く吹雪来る

潮騒の濃き日淡き日雪降る日

アーケード街のはづれの飾売

雪へ雪今日も明日も明後日も

首すくめ雪の細道ゆきちがふ

Ⅳ　二〇二〇年　（令和二年）

七六句

参道はのぼりばかりや初太鼓

境内の雪を焦がして神事果つ

山からの風に逆らふ浜どんど

瞑りて雪庇の下を通りやんせ

防寒のシャツに残れる身の脂

地吹雪が熄めば顕はる極楽寺

雪の上に鷲が狩跡のこしけり

壁に貼る凍つる大地の鳥瞰図

瘡蓋の如く凍土を剝がしけり

ざうざうといふ水音や二月尽

合掌の形に芽ぐむものばかり

甲羅程の木の瘤があり春動く

氏素性涅槃の雪にまみれたり

はにかみの美童も交へ雛の宴

春昼やのけぞりねむる赤ん坊

張りぼての鯨がごとく雪残る

ポスターが羽搏く春一番の街

水芭蕉の苞は帆に似て風誘ふ

はなやぎに紛れざる眼や桜守

残り鴨翔ちたる沼の薄あかり

古地図の破れの如き天鼠かな

大雪山目指し田植機がすすむ

休業の札がくるくる夏に入る

せんべいの色に痩せたる夏狐

緑立つ誰にも会はず会話せず

口琵琶のピリカメノコや夏薊

泥柳の絮にまみれし夕日かな

花びらの渦へ突っ込む熊ん蜂

片脚で佇ちてめつむる羽抜鶏

手の平に沙羅一輪の湿りかな

岩陰の蝦夷紫陽花の青が澄む

着流しのごとき一羽の青田鷺

笹の葉をこぼれて汝れは恋螢

緑陰へ影もろ共に吸ひ込まる

握りゐる唖蟬の震へ身を廻る

八日目の蟬忽然と飛び去りぬ

塩舐めて酒酌む夏の盛りかな

猛暑日の庭石動くかも知れず

姥百合の群れなす竪穴住居跡

褒めらるる生き様ならず銭葵

青葉闇誰に呼ばれて振り返る

いそぐ蟻迷へる蟻は列なさず

向日葵の巨花の頸椎曲りをり

潮に焼け日に焼け蜑の声透る

夏帽子坂の上にて消えたるや

蝦夷丹生の花や遥けき日本海

大夕焼お蔵へ入るやうに消ゆ

極上の葛切りすすする音すする

夏川の瀬音に乱れなくもなし

山女焼く口刺青のをんなかな

桐箪笥の取つ手の痩せや鉦叩

水蜜桃すするゆゆしき老の舌

くるぶしに風が纏はる精霊会

悪友のごとくに纏ひつく残暑

過ぎし世の有刺鉄線いわし雲

俯せに寝て冷まじき夢見たる

火伏札貼つて冷え込む厨かな

木の股の林檎は忘れ物ならず

たそがるる空半分のいわし雲

日晒しや日向薬師の曼珠沙華

天高くたかく漂流するこころ
紅葉の始まつてゐる日照り雨
一位の実燠の赤さに透き徹る

澱む瀬に渦なす鮭の背鰭かな

ごはごはといふ雨合羽鮭不漁

夕川原ほつちやれ鮭の頭蓋骨

水澄めば風の姿が見えはじむ

目貼して一人の時間もて余す

水底の魚卵ともども冬に入る

雪ほたる翔たす心の暗渠より
雨が雪に雪が雨にと慌ただし
塗り椀の使ひ込み艶しぐれ宿

袈裟懸に葱切つて赤穂浪士伝

湿り気の雪に変はりぬ昼の酒

天空の凧のたかぶり手許まで

この疫のこの先限りなく寒し

V　二〇二一年　（令和三年）

五二句

くらやみを貫きてゆく恵方道

左義長の終りの燠が転げ出づ

カーテンの裾の隙間の雪明り

道ならぬ道や雪庇の下とほる

雪焼の漢に似合はぬ美声かな

わた雪の真昼や欲も得もなし

雪ぐにの馬の背といふ轍かな

薄氷の罅の幾何学もやうかな

旧友の死や虎杖の芽が真つ赤

吐くよりも吸ふ息深し梅ヶ谿

雪しろを跳ぶ短足の犬連れて

稜線の高みにひらく北こぶし

堅香子の花の騒擾に踊み込む

穢れ無き闇がつつめる水芭蕉

山寺の老樹の落花止め処なし

告天子乳母車の嬰抱き上げむ

一円の硬貨がひかる蝌蚪の池

木洩れ日の裏参道にまだら蝶

廃れゆく銀座街の名昭和の日

一枚の代田となりし盆地かな

代田より白鷺が翔つ夕まぐれ

患はずして逝きたしや華鬘草

ささやかな人生あふれ咲く槐

あぢさゐの窮極の色出ず終ひ

あな小さき蝦夷春蟬の骸かな

ザラ紙のメモの束から雲母虫

大空へ翔つ絵のなかの夏帽子

心太いつも脳裡に祖母が居て

遠雷や姿勢くづさず書き終る

潮盈つる音や色濃き雨ふらし

惑星のことなど思ひ草むしる

暑き日の甲殻類のまなこかな

山彦も鮎釣り人もまばらなる

かまつかやコロナ感染療養中

花野とはちがふ合戦絵巻観る

盆路の途中に杭が打たれあり

真つ白な皿にごろりと黒葡萄

白桃は水拒み浮き上がりくる

何もせぬまま朝顔が咲き進む

その周り黒ずみはじむ葉鶏頭

古書店の奥が気になる秋の暮

揺れうごく玻璃の月影手術前

額の汗拭うて異物埋めるオペ

胸の傷宥めて湯浴む秋しぐれ

看護師のこゑ爽やかや退院す

山影がちかづいてくる大根引

さくさくと生者が通ふ霜の道

荒縄のむすび目そろふ冬構へ

一の霜二の霜つよく墨にほふ

菩提樹のほか枯れ尽す不動尊

恐竜が棲む木枯しのビルの森

雪熄むで匕首の月あらはるる

Ⅵ　二〇二二年　（令和四年）

五五句

氷塵の華やぎに身を投じたし

越冬といふは仮死体験のやう

極上の雪のやはさの産着かな

最北の雪はさらさら積らざり
別の世が始まるごとき雪景色
首垂れて眠りこけをり炬燵婆

稜線の星が燦めく湯冷めかな

肉食の寒禽の眼がするどかり

鍋壊してふは味濃きかじか汁

熱燗と潤目鰯でジャズ聴かむ

堪へ性無くなつてゆく雪の嵩

豁然と裾野ひろがる雪解かな

やはらかき相になりきる春佛

靴だらけ上履きだらけ雛の寺

蘖のちからら採血の日なりけり

花よりも幹がつめたき桜かな

雲水が佇つ路地口やさくら時

動かざるものに執する朧かな

なみなみと酒注ぎ永き日終る

生きものの膚めく黒耕土かな

陽炎が消え失せ何も変化なし

声断って真つ逆さまの落雲雀

牽牛花のたね蒔くに佳き雨催

山荷葉の花透きとほる小糠雨

鶏冠に飛びついてゆく草の絮

草は穂に安眠惰性くりかへし

急傾斜這ひ上がりゆく麦刈機

透きとほる傘傘傘へ緑雨かな

紫の濃き日淡き日ラベンダー

胡麻油にほひ立つなり広島忌

売り声が来る朝顔の萎むころ

木洩れ日や誰もが泪めきて秋

蟋蟀が鳴き出し猫の目が光る

愉しさに秋の時間を使ひきる

ちりちりと薬語らふや彼岸花

閉店のうはさ新蕎麦打ち終る

ゆく秋の魚醬がにほふ厨かな

秋風に骨透く思ひなくもなし

落葉みな紙の音して反り返る

朽ちかけの切株を撃つ霰かな

物の影蒼くなるまで水澄めり

天の川あさひ岳よりくろ岳へ

やちだもの樹幹のしめり雪螢

初冬の気圧が脳をゆさぶれり

ど忘れの度が増えゆくや霜柱

白鳥のこゑのみ通りすぎし空

塩振つて食むや瑞々しき冬菜

獣らはふさふさの尾で越冬す

越冬のけものが如く眠りたし

ひひらぎの花の散華の浄土門

かばかりの水からから凍る夕間暮

天鼠めく雪の夕刊くばりかな

最北の地にちりばめむ光る雪

鈴の音天上にありクリスマス

遠からずとは雪国の念(ねが)ひごと

あとがき

『光る雪』は『神色』『天景』『氷塵』『雪晴風』に続く私の第五句集である。

先の『雪晴風』から六年ほど過ぎ、「身辺抄」として毎日書き綴った俳句も、既に七〇〇〇句を超えた。そのほとんどが未発表で、誰の目にも触れていない。その間、添削や推敲を重ね、五回の自選を経た四〇〇句をもって、『光る雪』として上梓することにした。句集名の『光る雪』は、

最北の地にちりばめむ光る雪

の作から採ったものだが、北海道に生まれ北海道を離れ、四十二年後に

帰って来たこの地は、離道前とはかなり異なっていた。
懐かしさよりも、新しい風土の感が強く、特に「雪」に対する憧憬は自分でも驚くほど違っていた。雪の無い冬の体験期間が長かった所為で、道産子の血は薄まり、内地人のようだと旧友に言われたが、九州で、東京で培われた俳句感覚からして、育ったこの地の風土を見直しながら詠うことを余儀なしとした。一年の半分近くを雪と関わっての生活なのだから、四季と言うよりも冬と夏の二季に近い一年なのだ。「雪」を詠わずして何の北邦俳人か、「冬」に拘わる作品が多くなってゆくのも自然の成り行きだった。
この集の名を『光る雪』と思いついたのは、第三句集の『氷塵』は、ダイヤモンドダストのことで、第四句集の『雪晴風』は、ゆきはらしと読み、早春の北邦季語であったこととの関わりからである。
光る「雪」とは、零下十五度以下で大自然が生み出す宝石のような耀きのことなのだが、氷塵のように空気中の水蒸気が凍り耀く現象とは違い、降り積もった雪の肌が細かいダイヤモンドのように光り輝く情景であり、この反射光を『光る雪』とした。息を吸うと痛いほど寒い朝、窓からも見られるキラキラ光る雪の肌は、宝石を撒き散らしたように美しいが、写真に撮るのは難しい現象である。
因みに、「光る雪」を調べたら、分子生物学者のヴェラ・エメリアネンコ氏の雪溜りの中で青く光る光のことが掲載されていたが、これはある生物だということだった。
北海道の「銀世界」の中で燦めく「氷塵」と、地上に積もった雪が燦めく不思議な現象を想像して頂ければ幸いである。
なお、北海道は歳時記の季節とは合致せず、ほとんどがズレており、この地の季に添って編集している。十三字書き俳句は今回も健在で、五冊の句集全て、このスタイルで通しきった。今回も仲寒蟬さんに助言を頂き、「文學の森」の寺田敬子社長のご好意に甘えながらの句集であり、この場を借りてお礼申し上げたい。

二〇二三年黄葉の頃に

斎藤信義

著者略歴

斎藤信義（さいとう・のぶよし）本名　同

昭和11年　北海道増毛町生まれ
高校時代に俳句を始め、新聞や雑誌に投稿
昭和40年　赴任地福岡にて「菜殻火」に入会
若手の俳人グループ「新層会」で野見山朱鳥の
直接指導を受ける
朱鳥亡きあと岡部六弥太主宰「円」誌の初代編集長
伊藤道明（「春燈」）等の「裸足の会」に参加
昭和57年　上田五千石主宰「畦」に入会、畝傍集同人
平成９年　五千石急逝、「畦」廃刊
平成10年　松尾隆信主宰「松の花」創刊同人
平成29年　「松の花」退会
平成30年　水内慶太主宰「月の匣」同人
平成14年より「俳句寺子屋」塾を主宰
俳人協会会員・北海道俳句協会会員

句集『神色』『天景』『氷塵』（鮫島賞）
　　『雪晴風』（北海道新聞社賞）

現住所　〒078-8811
　　　　北海道旭川市緑が丘南一条２丁目６-７
電　話　0166-66-0603
E-mail　tenkei3@smail.plala.or.jp

句集

光る雪

発　行　令和六年二月一日
著　者　斎藤信義
発行者　姜　琪　東
発行所　株式会社　文學の森
〒一六九-〇〇七五
東京都新宿区高田馬場二-一-二　田島ビル八階
tel 03-5292-9188　fax 03-5292-9199
e-mail　mori@bungak.com
ホームページ　http://www.bungak.com
印刷・製本　有限会社青雲印刷

ISBN978-4-86737-208-1　C0092